Känguru Lesespaß

Friederike Wilhelmi

Abenteuer in der Tiefe

arsEdition

Bibliografische Information Der Deutschen Bibliothek

Die Deutsche Bibliothek verzeichnet diese Publikation in der Deutschen Nationalbibliografie; detaillierte bibliografische Daten sind im Internet über http://dnb.ddb.de abrufbar.

7 6 5 4 3   09 08 07 06

Text: Friederike Wilhelmi
Titelbild und Innenillustrationen: Thomas Schallnau
Titel- und Rückseitenvignetten: Betina Gotzen-Beek
ISBN-13: 978-3-7607-4070-6
ISBN-10: 3-7607-4070-7

www.arsedition.de

Ein seltsamer Empfang

»Roni, schau mal! Da ist Korsika!«, ruft Niko.

Roni beugt sich über ihren Bruder und sieht aus dem kleinen, runden Flugzeugfenster.

»Woher willst du das wissen?«, fragt sie.

»Weil da hinten noch der Zipfel von Sardinien zu sehen ist, dann muss das Korsika sein«, antwortet Niko.

Und da ertönt auch schon eine Stimme aus dem Lautsprecher: »Meine Damen und Herren, wir haben soeben die Flughöhe von 6500 Metern verlassen und befinden uns im Anflug auf Korsika. Bitte schnallen Sie sich an, stellen Sie Ihre Rückenlehnen aufrecht und klappen Sie die Tische nach oben. Vielen Dank.«

»Das ging aber schnell«, staunt Roni.

»Stimmt«, antwortet Niko, während er sich anschnallt. Dann fragt er: »Was meinst du, ob Großvater nett ist?«

»Bestimmt«, antwortet Roni.

»Wieso bist du dir da so sicher? Wir kennen ihn doch gar nicht.«

»Ich weiß es eben. Ich habe ihn schließlich bei deiner Taufe erlebt.«

»Aber das ist neun Jahre her und du warst damals erst vier.«

»Na und?«, entgegnet Roni. »Ich weiß trotzdem noch alles ganz genau.«

Sie lehnt sich zurück und erinnert sich daran, wie sie gemeinsam mit Großvater das wilde Treiben bei der Taufe ihres kleinen Bruders beobachtet hat. Sie wird dieses ruhige und warme Gefühl der Geborgenheit auf Großvaters Schoß in der Ecke des Wohnzimmers niemals vergessen.

Danach hat Roni ihren Großvater nie wieder gesehen. Dabei würde sie ihn so gerne regelmäßig treffen. Denn die vielen Geschichten, die ihre Eltern über ihn erzählen, sind total aufregend.

Großvater hat ganz lange in einer Umweltschutzorganisation gearbeitet. Vor allem hat er sich für den Schutz der Meere und für strengere Walfang-Bestimmungen eingesetzt. Er hat mit Walfängern gestritten, gegen Politiker gekämpft, mit Fischern diskutiert ... also alles getan, damit Wale und Delfine nicht weiterhin vom Aussterben bedroht sind.

Seit Oma tot ist, hat er sich völlig zurückgezogen. Jetzt lebt er in einer alten Schäferhütte auf der französischen Mittelmeerinsel Korsika.

Schon seit Jahren versucht Roni ihre Eltern zu einem Besuch bei ihrem Großvater zu überreden. Doch es kam nie dazu, weil Großvater nicht wollte.

»Euer Großvater ist eben anders als die meisten Großväter«, sagt Papa immer.

Erst in diesem Jahr kam völlig unerwartet eine Einladung von ihm. Den Grund für seinen plötzlichen Sinneswandel kennt Roni auch nicht. Vielleicht, weil sie jetzt groß genug sind, alleine zu fahren, oder weil Roni lange genug gedrängelt hat.

Niko war erst nicht wohl bei dem Gedanken, zu einem Menschen zu fahren, den er gar nicht kennt. Aber als Roni ihm erzählte, dass Großvater ihnen das Tauchen beibringen wird, war die Sache für ihn geritzt.

Das Flugzeug berührt mit einem Ruck den Boden. Roni wird aus ihren Gedanken gerissen. Sie schaut zu Niko, der staunend am Fenster klebt und die vorbeifliegende korsische Landschaft betrachtet. Sie merkt, dass sie auch ein wenig nervös ist. Aber sie wird es nicht zugeben, denn das würde Niko nur noch mehr verunsichern.

Als das Flugzeug hält, fragt Niko: »Wie sollen wir Großvater eigentlich begrüßen?«

»Wir sagen Hallo, was denn sonst?«, antwortet Roni.

Regine, eine Mitarbeiterin der Fluggesellschaft, hilft den Kindern, das Gepäck zu holen, und bringt sie in die Ankunftshalle.

Dort wimmelt es von wartenden Menschen mit Blumensträußen oder Schildern in den Händen. Doch von Großvater ist nichts zu sehen. Papa hat ihnen extra noch ein Foto gezeigt und an Großvater hat er neue Fotos von den Kindern geschickt. Schließlich müssen sie einander ja erkennen.

»Seht ihr euren Großvater?«, fragt Regine.

»Nein ...«, sagt Roni leise.

»Setzt euch hier hin.« Regine zeigt auf eine leere Bank. »Ich lasse euren Großvater ausrufen, dann wird er schon kommen.«

Und sie verschwindet.

»Was ist, wenn er nicht kommt?«, fragt Niko seine große Schwester ängstlich.

»Sei still!«, zischt Roni. »Er wird kommen!«

In dem Moment erhebt sich ein großer, Pfeife rauchender Mann von einer Bank am anderen Ende der Halle. Er ist braun gebrannt, hat eine schwarze Kappe auf, unter der kleine, graue Locken hervorquellen. Seine Schultern sind breit und seine Hände wirken kräftig. Als er aufsteht, kommt es Roni vor, als würden alle Menschen in der Ankunftshalle auf ihn schauen und für den Bruchteil einer Sekunde innehalten. Denn für kurze Zeit ist es plötzlich auffällig still. Oder bildet Roni sich das nur ein, weil dieser große, kräftige Mann direkt auf sie zukommt?

Jetzt lächelt er und sagt: »Hallo Roni, hallo Niko.«

Mehr nicht.

Niko sagt: »Hallo.«

Roni lächelt.

Großvater greift mit seinen großen Händen nach den Koffern und geht Richtung Ausgang.

Schnurstracks läuft er auf einen Bus zu, der direkt vor dem Flughafenausgang wartet. Roni und Niko folgen ihm.

»Wohin fahren wir, Großvater?«, fragt Niko.

»Nach Algajola«, antwortet Großvater kurz angebunden und setzt sich auf einen einzelnen Sitzplatz.

Die Kinder nehmen eine Doppelbank weiter hinten im Bus.

Schweigend sitzen sie da und betrachten den Hinterkopf ihres Großvaters.

In der Zwischenzeit füllt sich der Bus mit vielen Touristen. Alle plappern aufgeregt durcheinander und freuen sich auf ihr Urlaubsziel.

»Warum redet er nicht mit uns?«, flüstert Niko. Er schaut seine Schwester fragend an.

Roni starrt auf den Rücken ihres Großvaters. Sie zuckt mit den Schultern und sagt: »Ich weiß es nicht.«

Schließlich fährt der Bus ab. Die Fahrt dauert sehr lange und bei jedem Halt hoffen die Kinder, dass sie endlich angekommen sind.

»Frag ihn mal, wie lange es noch dauert«, fordert Niko seine Schwester auf.

»Mach du doch«, gibt Roni zurück.

»Ich trau mich aber nicht.«

»Ich auch nicht«, flüstert Roni.

Niko guckt sie entsetzt an. Das hat er wirklich noch nie erlebt. Roni ist für ihn das mutigste Mädchen auf der Welt und jetzt traut sie sich etwas nicht!

Roni betrachtet die trockene Landschaft, die am Fenster vorüberzieht. Das einzige Gewächs ist dorniges Gestrüpp. Roni weiß zwar, dass Korsika auch wunderschöne Gegenden haben

soll, aber das hier, am Straßenrand, findet sie öde und langweilig. Hoffentlich werden diese Ferien kein Reinfall, denkt sie.

Jetzt stößt Niko seinen Ellbogen in Ronis Seite und ruft laut: »Schau mal, das Meer!«

Roni und Niko glauben ihren Augen nicht zu trauen, so schön sieht es aus. Die Sonne spiegelt sich im Wasser und glitzert so hell, dass es fast schon in den Augen wehtut.

Die Leute im Bus werden unruhig. Alle staunen über den schönen Anblick. Nur Großvater sitzt stocksteif auf seinem Platz und rührt sich nicht.

»Verstehst du das?«, fragt Niko. »Ich dachte, er liebt das Meer.«

Roni schüttelt den Kopf. »Nein, ich verstehe das auch nicht.« Großvater wird ihr immer rätselhafter.

Bald hält der Bus an einem kleinen Hafen.

»Wir müssen raus«, fordert Großvater die Kinder auf und schnappt sich die Koffer. Sobald die drei ausgestiegen sind, geht Großvater auf einen Fischer zu. Der ist gerade damit beschäftigt, seinen Tagesfang in einen Eiscontainer zu packen. Großvater kauft bei ihm zwei riesige Tüten Tintenfisch.

Voll beladen mit Tüten und Koffern geht er schließlich weiter den Anlegesteg entlang bis zu einem kleinen Kutter.

Die Kinder trotten die ganze Zeit schweigend hinter ihm her.

Großvater wirft den Tintenfisch und das Gepäck in das Boot und geht an Bord.

»Wo fahren wir hin?«, fragt Niko, als er hinter Roni in das kleine Boot gesprungen ist.

»Nach Hause«, antwortet der wortkarge Großvater. Er macht die Leinen los, startet den Motor und lenkt das Boot hinaus aufs offene Meer.

Niko fragt nicht weiter nach. Das kann ja heiter werden, denkt er enttäuscht.

Niko und Roni sitzen auf der Bank in der Mitte des Bootes. Sie sind viel zu warm angezogen, denn hier in Korsika ist es wärmer als zu Hause. Trotzdem rücken sie dicht zusammen, als ob sie frieren würden.

»Komm, wir schauen uns die Tüten mal genauer an«, flüstert Niko.

Roni beobachtet ihren Großvater. Er steht aufrecht am Steuer und hat ihnen den Rücken zugekehrt. Leise, damit Großvater nichts bemerkt, holt sie die Tüten von hinten und öffnet sie.

»Mir wird schlecht«, flüstert Niko.

Auch Roni wird bei dem Anblick der leblosen, schleimigen, grauen Masse übel.

»Das wird er doch wohl heute nicht essen wollen«, stöhnt sie leise und hält sich die Nase zu.

»Und wenn wir es essen müssen?«, flüstert Niko. »Großvater ist so komisch. Wer weiß, vielleicht zwingt er uns ja.«

Roni schaut wieder zu Großvater, der völlig still und aufrecht am Steuer steht. Er passt gar nicht in dieses kleine Boot, denkt sie. Er sieht aus wie der Kapitän eines gewaltigen Schiffes.

»Er wird uns nicht zwingen«, sagt sie schließlich.

»Woher willst du das wissen?«

»Ich weiß es eben!«, sagt Roni, um Niko und sich selbst zu beruhigen. In Wirklichkeit ist sie sich gar nicht mehr so sicher.

Die Sonne steht jetzt schon ziemlich tief. Der Kutter tuckert an der Küste entlang. Plötzlich steuert Großvater das Boot direkt auf die Küste zu. Schon von weitem ist ein kleiner Steg zu erkennen und ein schmaler, weißer Sandstrand.

»Was machen wir hier?«, fragt Niko unsicher.

»Hier lebe ich«, antwortet Großvater, während er das Gepäck aus dem Kahn hievt.

»Aber hier ist ja gar nichts!«, ruft Niko.

»Du siehst doch nur eine Felswand. Woher weißt du, dass sich dahinter nichts verbirgt?«, sagt Großvater barsch und klettert mit den beiden Koffern in der Hand auf Steigeisen die Felswand nach oben.

Niko schießen die Tränen in die Augen. »Wenn Großvater so unfreundlich bleibt, flieg ich wieder heim«, flüstert er Roni zu.

Als die Kinder oben ankommen, sehen sie immer noch kein Anzeichen von menschlichem Leben – überall ist nur Gestrüpp!

Großvater läuft einen kleinen Trampelpfad voraus und die Kinder folgen ihm. Plötzlich, hinter einer Kurve, taucht eine kleine Steinhütte auf. Sie steht auf einer Lichtung in einem bunten Blütenmeer.

»Großvater!«, ruft Roni. »Ist das dein Haus?«

»Ja«, antwortet Großvater.

»Es sieht aus wie ein Märchenhaus. Es ist wunderschön!«

Großvater sagt nichts dazu.

Innen gibt es nur das Allernötigste: eine kleine Küche, ein Bett, eine Lampe, einen Tisch und drei Stühle, wovon einer alt und zwei ganz neu aussehen. In einer extra Kammer liegen zwei Matratzen auf dem Boden.

»Hier schlaft ihr«, sagt Großvater.

»Und wo ist die Toilette?«, fragt Niko.

»Ich zeige sie euch.«

Großvater geht hinaus. Er verlässt den Garten auf einem Trampelpfad, der mitten ins Dickicht führt.

Der Pfad endet vor einem dicken, eckigen Holzpfahl, der ein wenig erhöht auf zwei Baumstämmen liegt. Daneben ist ein Erdhaufen und in diesem Haufen steckt ein Spaten. Großvater nimmt ein großes Brett weg, das unter dem Pfahl auf dem Boden liegt. Ein sehr tiefes Loch kommt zum Vorschein.

»Wenn ihr mal groß müsst, nehmt ihr dieses Brett weg und setzt euch auf den Balken. Papier hängt dort oben im Ast. Hinterher nehmt ihr den Spaten und werft eine ordentliche Portion Erde darauf. Pipi könnt ihr überall machen, aber geht möglichst weit weg vom Haus.«

Roni und Niko schauen sich an. Sie wissen beide nicht, ob sie angeekelt oder fasziniert sein sollen.

»Ich mache jetzt Abendbrot«, sagt Großvater und geht zurück zur Hütte.

Als er außer Sichtweite ist, sagt Niko: »Er hat die Fischtüten im Boot liegen lassen.«

»Zum Glück!«, antwortet Roni.

Am Abendbrottisch stopft Großvater sich schnell ein Stück Brot und Käse in den Mund. Dann steht er auf und sagt: »Ich habe noch was zu erledigen.«

»Gehst du noch weg?«, fragt Roni erstaunt.

»Ja, ich komme in spätestens zwei Stunden zurück. Wenn ihr schon schlafen wollt, wisst ihr ja, wo die Betten sind.«

Roni und Niko sehen ihren Großvater fassungslos an.

»Wohin gehst du denn?«, fragt Roni.

»Ich muss noch jemanden besuchen«, antwortet Großvater und verschwindet einfach.

Stille!

Niko findet als Erster die Sprache wieder: »Das ist jetzt nicht sein Ernst, oder?«

»Doch, sieht ganz so aus«, antwortet Roni, die wie erstarrt vor ihrem Brot sitzt.

»Und wenn uns jetzt jemand überfällt oder ein Raubtier uns fressen will oder ...«

»Hör auf!«, schreit Roni. »Das bringt uns auch nicht weiter!«

Niko fängt an zu weinen. »Brüll mich nicht so an!«, schluchzt er.

Roni steht auf und nimmt ihn in die Arme.

»Komm, kleiner Bruder, nicht weinen! Ich habs nicht böse gemeint. Ich bin sauer auf Großvater, nicht auf dich.«

»Ich auch. Der spinnt doch, uns hier am ersten Abend alleine zu lassen!«, schnieft Niko und wischt sich die Tränen mit dem Ärmel ab. »Komm, wir laufen hinterher«, schlägt er vor.

»Gute Idee. Ich hab sowieso keinen Hunger«, meint Roni.

Schnell rennen sie den kleinen Pfad entlang zur Küste. Als sie runter in die Bucht schauen, sehen sie, wie Großvater gerade das Boot losmacht und davonfährt.

»So ein Mist!«, flucht Niko. »Wir haben natürlich kein Boot!«

Obwohl Großvaters Boot bald nicht mehr zu sehen ist, hören sie den Motor noch lange. Langsam versinkt die Sonne im Meer und der Himmel färbt sich orange. Eigentlich wäre es ein traumhaft schöner Abend, hier am Meer. Aber nachdem sie Großvaters Boot nicht mehr hören, wird die Stille für die Kinder fast unerträglich.

Niko fängt wieder an zu weinen.

»Ich will nach Hause. Ich mag Großvater nicht.«

Roni sieht ihren Bruder nachdenklich an. Sie kann ihn gut verstehen. Sie ist auch stinksauer auf Großvater, aber dennoch will sie auf keinen Fall nach Hause. Schließlich hat sie sich so lange auf diesen Besuch gefreut. Und obwohl Großvaters Art sie auch abschreckt, hofft sie darauf, den geliebten, alten Großvater von früher in ihm wieder zu finden.

»Er ist anders als die anderen Großväter, hat Papa immer gesagt. Vielleicht muss er sich erst an uns gewöhnen. Ich glaube trotz allem, dass er es gut mit uns meint«, sagt sie zu Niko.

Ihr Bruder schluchzt weiter.

»Und denk ans Tauchen. Vielleicht geht es morgen schon los«, fügt Roni hinzu.

Niko nickt.

»Komm, wir gehen zurück ins Haus. Lass uns was essen und gleich schlafen. Dann vergeht die Zeit schneller«, schlägt Roni vor.

Niko ist einverstanden.

In der Hütte essen sie schweigend ein Brot.

»Ich muss mal«, sagt Niko, »aber ich will auf keinen Fall da hinten ins Gebüsch.«

»Ich komme mit.« Roni steht auf, nimmt ihren Bruder an die Hand und gemeinsam laufen sie auf dem Trampelpfad Richtung Balkenklo.

Hier im Gebüsch ist es schon ganz schön finster und Roni muss sich anstrengen, ihre eigene Angst vor Niko zu verbergen.

Als sie bei dem Balken ankommen, nimmt Roni das Brett vom Loch und Niko setzt sich auf den Pfahl.

»Beeil dich ausnahmsweise ein bisschen. Ich will hier nicht rumstehen, bis es stockfinster wird.« Roni hat zu Hause oft Stunk mit ihrem Bruder, weil er stundenlang das Klo blockiert.

Da! Es knackt im Gebälk. Roni hält den Atem an. Niko fällt fast vom Balken. Dann ist es wieder ganz still. Doch plötzlich knackt es noch einmal! Diesmal ist das Geräusch viel näher.

»Was ist das?«, fragt Niko panisch.

»Keine Ahnung! Mach, dass du fertig wirst«, zischt Roni.

Da fängt Niko schon wieder an zu weinen. »So kann ich aber nicht. Ich hab Angst.« Große Tränen rollen an seinen Wangen hinunter und fallen in das schwarze Loch.

Jetzt raschelt es ganz nah.

»Ich hab doch gewusst, dass es hier Raubtiere gibt!«, flüstert Niko schluchzend.

»Oh, Mann!«, stöhnt Roni. »Du machst mich wahnsinnig!«

Ängstlich schaut sie sich um. Plötzlich raschelt es hinter ihr. Roni erschrickt und fährt herum. Da sieht sie gerade noch, wie eine kleine Eidechse durch das Gebüsch davonflitzt.

»Das Raubtier war ungefähr so groß wie mein Mittelfinger«, lacht sie erleichtert. »Es war bloß eine Eidechse.«

Niko ist gar nicht nach Lachen zumute. »Ich kann trotzdem nicht!«, sagt er leise. Ihm ist das alles unheimlich und auch irgendwie peinlich.

Roni sagt zu ihm: »Ich werde jetzt ein Lied singen, damit die Tiere mehr Angst vor uns haben als wir vor ihnen.«

Vor lauter Aufregung fällt ihr nur ein Weihnachtslied ein. Auch egal, denkt sie und fängt an zu singen: »Sti-ille Nacht, heilige Nacht ...«

Roni kommt sich mächtig bescheuert vor. Da steht sie im korsischen Gestrüpp und singt mitten im Hochsommer ein Weihnachtslied. Und das alles nur, damit ihr Bruder keine Probleme mit der Verdauung hat.

Nachdem sie die zweite Strophe gesungen hat, ist Niko zum Glück fertig.

Schnell schaufeln die beiden Erde ins Loch und flitzen zurück zum Haus.

Ungewaschen und ohne Zähneputzen gehen sie in ihr Zimmer, kramen ihre Schlafsäcke aus den Koffern, kriechen hinein und versuchen einzuschlafen. Aber immer wieder schrecken sie von fremden Geräuschen hoch: dem Klappern der Fensterläden, dem Zirpen der Grillen und dem Rauschen der Brandung.

»Es ist gemein von Großvater, uns hier alleine zu lassen«, sagt Niko. »Warum macht er das?«

Roni hat keine Ahnung. »Vielleicht weiß er einfach nicht, wie doof das für uns ist.«

»Vielleicht hat es aber auch einen anderen Grund«, sagt Niko.

»Was denn für einen?«, fragt Roni.

»Na ja, er könnte ein Verbrecher sein oder so was.«

»Ach, Niko, jetzt hör auf mit dem Quatsch!«

»Wieso? Beweis mir das Gegenteil.«

»Ich werde ihn morgen einfach fragen, was er gemacht hat«, schlägt Roni vor. »Dann wissen wirs. Gute Nacht!«

In dem Moment nimmt sie Schritte wahr.

»Hörst du das auch?«, fragt Niko mit zitternder Stimme.

»Ja«, antwortet Roni leise. »Das wird Großvater sein.«

Hoffentlich!, denkt sie. Ihr Herz klopft laut.

Die Schritte kommen näher und näher, die Tür geht auf und tatsächlich: Es ist Großvater.

Roni und Niko schließen sofort die Augen und stellen sich schlafend. Sie haben keine Lust, heute noch mit ihm zu reden. Sie hören Großvaters Atem. Er kommt näher an sie heran und betrachtet sie. Niko kann es kaum aushalten. Hätte er sich doch auf den Bauch gelegt, dann hätte er sein Gesicht verstecken können! Endlich dreht sich Großvater um und geht raus.

Niko braucht noch eine Weile, bis er endlich einschlafen kann.

Philippe

Als die drei am nächsten Morgen gemeinsam am Frühstückstisch sitzen, nimmt Roni ihren ganzen Mut zusammen und sagt: »Großvater, es war gestern nicht schön, hier alleine zu sein.«

»Du warst doch nicht alleine. Ihr wart doch zu zweit«, entgegnet Großvater.

Roni nickt. »Ja, aber es ist trotzdem nicht schön gewesen, es war schließlich unser erster Abend.«

»Hmm ... ja ...«, brummelt Großvater. Weiter sagt er nichts.

»Wo warst du denn?«, fragt Roni weiter.

»Ich musste jemandem helfen«, antwortet Großvater. »Und jetzt ist Schluss mit der Fragerei!«

Er wedelt mit seinem kräftigen Arm über den Tisch, als würde er damit die Fragen der Kinder wegfegen wollen.

»Ich muss noch schnell was am Boot reparieren und dann gehen wir tauchen«, sagt er energisch.

Niko und Roni bleiben alleine zurück am Frühstückstisch.

»Warum erzählt er uns nicht, was er gemacht hat?«, fragt Niko.

»Das möchte ich auch gerne wissen«, stöhnt Roni. »Aber jetzt komm! Wir vergessen das Ganze und gehen tauchen. Darauf haben wir uns doch so gefreut!«

Die beiden packen ihr Badezeug ein und laufen zum Boot.

Großvater ist schon startklar und sie fahren wieder Richtung Algajola.

In der Nachbarbucht entdeckt Roni Menschen am Strand.

»Schau mal«, sagt sie zu ihrem Bruder. »Das sind bestimmt Urlauber.«

Beim Anblick der im Wasser planschenden Badegäste wird den Kindern wohler. Nun wissen sie wenigstens, dass gar nicht weit weg von ihnen das Leben tobt und sie mit ihrem Großvater nicht völlig alleine sind.

In Algajola leihen sie sich zwei Ausrüstungen

in einem Tauchladen aus. Großvater hat natürlich seine eigene. Niko und Roni staunen über die vielen Sachen, die sie zum Tauchen brauchen. Mit einem Handkarren ziehen sie alles in eine kleine Bucht neben dem Hafen und setzen sich in den Sand.

Großvater hat die ganze Zeit kaum gesprochen und auch jetzt sitzt er schweigend im Sand und schaut hinaus aufs Meer. Er packt seine Pfeife aus, stopft sie mit Tabak und steckt sie sich an.

Nach einer Weile sagt er: »Es spricht mit euch, merkt ihr das?«

»Wer spricht mit wem?«, will Niko wissen.

»Das Meer mit dir«, antwortet Großvater. »Schau auf die Wellen und hör genau zu. Manchmal verstehe ich es.«

Roni und Niko starren auf die Brandung und lauschen.

Die Wellen kommen auf sie zugerollt. Es scheint, als würden sie sich mit letzter Kraft auf dem Sand hoch in ihre Richtung schlängeln. Doch dann müssen sie aufgeben und sich ins Meer zurückziehen.

»Du hast Recht. Es sieht so aus, als würden

die Wellen etwas sagen wollen, aber sie versickern zu früh im Sand«, meint Roni.

Großvater nickt. »Ja, oft verstehe ich auch nur wenig. Aber das macht nichts. Das Meer wird immer seine Geheimnisse haben, egal, wie gut man es kennt.«

Das Meer ist wie du, denkt Roni, doch sie spricht es nicht aus. Sie schaut wieder auf die Wellen.

»Wenn du es verstehst, Großvater, was sagt es dir dann?«, fragt sie.

Großvater wartet lange mit seiner Antwort. Er raucht seine Pfeife und betrachtet das Treiben der Wellen.

»Manchmal erzählt es viel von der wunderbaren Unterwasserwelt. Manchmal sind da ganz viele Stimmen, die alle durcheinander reden.

Dann verstehe ich nichts. Und oft höre ich in dem Rauschen ein Klagelied.«

»Ein Klagelied?« Roni schaut ihren Großvater fragend an.

»Ja, das Meer beklagt sich oft«, antwortet er.

»Worüber denn?«, will Roni wissen.

»Hör doch selbst«, fordert Großvater sie auf.

Und Roni horcht. Aber sie kann beim besten Willen weder ein Lied noch eine Klage aus dem Rauschen heraushören.

Niko wird ungeduldig. Für ihn sind Wellen einfach nur Wellen und er will jetzt endlich tauchen gehen!

Vorsichtig fragt er nach: »Wann fangen wir mit dem Tauchen an?«

»Jetzt«, sagt Großvater und klopft die Asche aus seiner Pfeife.

Er steht auf, legt die vielen Tauchgeräte in den Sand und nimmt sich viel Zeit, um den Kindern alles der Reihe nach zu erklären: wie das Atemgerät an die Flasche montiert wird, wie viel Blei sie am Bleigürtel befestigen müssen, die verschiedenen Funktionen der Taucherweste und das Ablesen des Tiefenmessers. Zum Schluss bringt er ihnen noch die Tauchersprache bei. Sie besteht aus Handzeichen, denn unter Wasser können sie natürlich nicht miteinander reden.

Jetzt zwängen sich die drei in ihre Tauchanzüge.

»Puh, ist das eng«, stöhnt Niko. »Ich komme mir vor wie eine Wurst in der Pelle.«

Als Großvater den Kindern dann auch noch die Flaschen auf die Rücken schnallt, droht Niko unter der schweren Last zusammenzubrechen.

»Ab ins Wasser mit euch«, sagt Großvater. »Dort ist die Flasche leichter.«

Tatsächlich: Im schultertiefen Wasser spüren die Kinder die Flasche kaum noch, weil sie vom Wasser getragen wird. Sie setzen ihre Taucherbrillen auf und Großvater gibt das Zeichen zum Abtauchen.

Ganz langsam knien sie sich auf den Meeresboden. Es ist ein überwältigendes Gefühl für Niko, seinen eigenen Atem so laut zu hören. Die Bewegungen, die Geräusche ... alles ist ganz anders als an Land.

Plötzlich kann Niko sein Gleichgewicht nicht mehr halten und rudert so wild mit den Armen, dass er den ganzen Sand aufwirbelt. Jetzt läuft ihm auch noch Wasser in die Taucherbrille. Das hat er schon beim Schnorcheln immer gehasst! Das Salzwasser brennt ihm in den Augen und er kriegt Panik. Schnell taucht er wieder auf, spuckt das Atemgerät aus, reißt die Taucherbrille ab und verschnauft.

Roni und Großvater kommen auch nach oben. Großvater lächelt Niko freundlich an und sagt: »So geht es den meisten beim ersten Mal.«

Dann zeigt er den Kindern, wie sie mit der Nase das Wasser aus der Taucherbrille hinauspusten können, auch wenn sie unter Wasser sind.

»Wir üben das, kommt wieder runter.«

Die drei setzen ihre Brillen auf, nehmen die Atemgeräte in den Mund und tauchen ab.

Niko hat wieder Schwierigkeiten mit dem

Gleichgewicht. Doch diesmal packt Großvater ihn am Bleigürtel und hilft ihm, sich hinzuknien. Großvaters ruhige Art tut Niko gut. Sein Atem wird gleichmäßiger und seine Bewegungen werden langsamer. Endlich kniet Niko ganz still auf dem Meeresboden und schaut sich um.

Zu sehen ist kaum etwas, weil er schrecklich viel Sand aufgewirbelt hat. Das Wasser ist sehr trübe und außerdem sind sie dicht am Strand. Hier gibt es noch nicht so viel Unterwasserleben zu bewundern. Aber sein Atem ist überwältigend laut und hört sich schöner an als jede Musik, die Niko bisher gehört hat. Er schaut zu Großvater hinüber, der ihn offenbar schon die ganze Zeit beobachtet hat. Seine Augen sehen freundlich aus und Niko fühlt sich wohl an seiner Seite. Komisch, denkt er, unter Wasser ist Großvater ganz anders.

Jetzt üben sie die Maske auszublasen. Sie müssen die Maske absetzen, unter Wasser wieder aufsetzen und dann den Ausblastrick anwenden. Bei Roni klappt es gleich beim ersten Mal. Niko braucht zwei Anläufe, dann hat er es auch verstanden.

Schließlich gibt Großvater mit seinem Daumen das Zeichen zum Auftauchen.

Als die Kinder das Mundstück rausgenommen und die Brillen abgesetzt haben, sagt Niko freudestrahlend: »Plötzlich war die Angst weg. Am Anfang dachte ich, ich müsste ertrinken!«

»Wenn die erste Angst weg ist, kommt sie meist nicht wieder«, sagt Großvater.

»Prima!«, ruft Niko. »Warum tauchen wir dann jetzt nicht richtig? Ich will ein bisschen weiter hinaus ins Meer und Fische sehen.«

»Fürs erste Mal reichts«, antwortet Großvater und geht langsam Richtung Strand.

»Nein!«, ruft Niko. »Ich will noch nicht raus. Bitte, Großvater!«

Plötzlich wird Großvater zornig und sagt laut: »Nie gebt ihr euch mit dem zufrieden, was ihr habt, immer muss es noch mehr sein.«

»Wen meinst du denn mit ›ihr‹?«, will Roni wissen.

»Ihr Menschen«, antwortet Großvater.

Die Kinder finden seine Worte so eigenartig, dass sie nicht weiter fragen.

»Außerdem haben wir keine Zeit mehr«, brummelt Großvater, während er sich aus seinem Tauchanzug pellt. »Ich habe heute noch etwas zu erledigen.«

Nein!, denkt Niko. Genau das hat er gestern auch gesagt und dann hat er uns einfach allein gelassen.

»Musst du wieder weg?«, fragt er.

Aber er bekommt keine Antwort.

»Großvater. Wir möchten nicht alleine bleiben. Wir kommen mit«, ruft Roni.

»Das geht nicht. Ich bleibe nicht lange«, entgegnet Großvater.

»Wo gehst du denn hin? Warum dürfen wir nicht mitkommen?«, fragt Roni verzweifelt.

Aber ihr Großvater antwortet nicht. Er hilft Niko und Roni die Flaschen abzuziehen und zeigt ihnen, wie man das Atemgerät wieder von der Flasche abmontiert.

Schweigend und verstört ziehen die Kinder sich um. Großvater bringt die Tauchausrüstungen zurück in den Laden.

Danach kauft er im Hafen wieder zwei Tüten Tintenfisch.

»Das soll einer verstehen«, flüstert Niko. »Unter Wasser ist er der tollste Großvater auf Erden und an Land sind wir ihm schnuppe!«

»Is mir egal«, grummelt Roni. Sie ist stinksauer auf ihren Großvater.

Auf dem Weg nach Hause redet keiner ein Wort.

Blöde Schweigerei!, denkt Niko. Zum ersten Mal wird ihm klar, wie schön es ist, dass er mit Mama und Papa so richtig toll und laut streiten kann, wenn mal jemand anderer Meinung ist.

Kaum sind die drei oben an der Hütte angekommen, verabschiedet sich Großvater von den Kindern. »Ihr wisst ja jetzt, wo das Brot ist. Ich komme so schnell wie möglich zurück.«

Aber Niko und Roni antworten nicht, so sauer sind sie. Und Großvater geht.

Die Geschwister setzen sich auf die Eingangsstufe. Sie haben Angst vor dem langen, korsischen Abend in dem fremden Haus.

»Und er ist doch ein Verbrecher!«, sagt Niko plötzlich. »Warum sollte er uns sonst verschweigen, wo er hinfährt?«

»Was soll er mit zwei Tüten Tintenfisch schon für ein Verbrechen begehen?«, fragt Roni.

»Mmmhh, stimmt«, murmelt Niko. »Die Sache mit dem Fisch ist wirklich komisch.«

Angestrengt denkt er nach. »Vielleicht hält Großvater ja jemanden gefangen, der nur Tintenfisch isst«, fällt ihm ein. »Schließlich müssen Gefangene auch ab und zu was essen.«

»Und warum sollte Großvater jemanden gefangen halten?«, hakt Roni nach.

»Keine Ahnung«, antwortet Niko.

Roni will nicht länger darüber nachdenken, warum Großvater sie dauernd im Stich lässt, sonst mag sie ihn am Ende doch nicht mehr. Als sie ihn mit Niko heute beim ersten Tauchgang beobachtet hat, war er wieder genauso wie damals auf der Taufe: ein Ruhepol, ein liebenswerter Fels in der Brandung.

Leise flüstert sie vor sich hin: »Liebenswerter Fels in der Brandung ...«

»Was?«, fragt Niko.

»Ach nichts«, antwortet Roni. »Es ist nur ... Großvater ist kein Verbrecher und jetzt Schluss damit. Komm! Wenn wir hier noch länger dumm rumsitzen, werde ich verrückt. Lass uns zu dieser Urlauberbucht gehen.«

Sie machen sich auf den Weg zum Strand. Und von dort kraxeln sie über die Klippen zur nächsten Bucht. Die Anstrengung tut ihnen gut und bringt sie auf andere Gedanken. Als sie oben ankommen, haben sie einen herrlichen Ausblick. Der Strand ist voll mit Menschen, die lesen, lachen und sich sonnen. Am Rand spielen Jugendliche Beachball und im Wasser tobt eine Luftmatratzenschlacht.

»Sollen wir lieber wieder umkehren?«, fragt Niko.

»Quatsch!«, sagt Roni. »Warum?«

»Na ja, wir kennen hier doch niemanden.«

Aber Roni zieht ihren Bruder einfach hinter sich her.

Unten am Strand merken sie, dass die meisten Urlauber Deutsche sind. Sie mischen sich einfach unter sie und beobachten das Treiben.

Roni fühlt sich sofort super wohl. Wir sind nicht alleine, denkt sie erleichtert und muss lachen, weil ein kleiner, nackter Junge mitten auf seine selbst gebaute Burg pinkelt.

Plötzlich bemerkt sie einen Jungen, der an der Brandung entlang schlendert. Er sieht anders aus als die anderen. Seine Haut ist dunkel, seine weißen Augen blitzen und seine schwarzen Locken wippen im Rhythmus seines schwungvollen Gangs. Außerdem ist er bekleidet. Seine lange Hose ist bis in die Kniekehlen hochgekrempelt und die Hände hat er tief in seinen

Hosentaschen. Er scheint hier am Strand bekannt zu sein, denn im Vorübergehen grüßt er viele Urlauber. Dabei lächelt er so strahlend, dass Roni ihren Blick gar nicht von ihm lassen kann. Dann kommt der Junge bei ihnen vorbei. Als er sie entdeckt, fängt er plötzlich an zu lachen und sagt etwas auf Französisch zu ihnen.

Roni und Niko verstehen kein Wort.

»Was hast du gesagt?«, fragt Roni unsicher.

Der Junge lacht wieder und sagt: »Ah, ihr seid Deutsche. Ich habe nur gefragt, ob ihr euer Badezeug zu Hause vergessen habt.«

»Nein, wir wollten nicht baden, wir schauen uns hier nur ein bisschen um«, antwortet Niko.

Ronis Herz fängt plötzlich an, heftig zu klopfen. Das kennt sie bisher nur aus Büchern oder aus den Schilderungen ihrer besten Freundin. Die erzählt immer von Herzklopfen und weichen Knien, wenn sie einen Jungen toll findet.

Als der Junge weitergehen will, überlegt Roni schnell, wie sie ihn aufhalten könnte.

»Machst du auch Urlaub hier?«, fragt sie und hofft, dass er ihre Aufregung nicht bemerkt.

»Nein, ich lebe hier«, antwortet der Junge.

»Und warum sprichst du dann so gut Deutsch?«, hakt Roni nach.
»Meine Mutter ist Deutsche und mein Vater Korse. Wir haben ein Hotel.«
Der Junge zeigt hinter die Dünen.
»Zu uns kommen fast nur Deutsche. Da bleibe ich in Übung«, lacht er.
»Wie heißt du?«, fragt Roni.
»Ich heiße Philippe. Und ihr?«
»Ich bin Roni.«
»Und ich bin Niko.«
»Ich sehe selten Menschen hier in der Bucht, die nicht in

unserem Hotel wohnen.«

»Wir wohnen in der Nachbarbucht bei unserem Großvater«, antwortet Roni.

»Großvater?«, fragt Philippe.

»Ja. Er ist der Vater von unserem Papa. Er wohnt schon lange dort hinter den Klippen in einer alten Schäferhütte«, erklärt Roni ihm.

»Das ist euer Großvater? Der alte Loup?«, fragt Philippe erstaunt.

»Wie nennst du ihn?«, fragt Niko.

»Loup nennen wir

Korsen ihn. Das bedeutet ›Seewolf‹ oder ›alter Brummbär‹. Euer Großvater ist ein stiller Mann. Viele haben Angst vor ihm. Aber ich mag ihn. Er macht gute Dinge für das Meer.«

»Das stimmt«, sagt Roni nachdenklich. »Nur eine Sache ist trotzdem komisch. Unser Großvater fährt jeden Abend zwei Stunden weg. Mit dem Boot. Wir wissen nicht, wohin. Und wenn wir ihn danach fragen, antwortet er nicht.«

»Ja, er redet nicht gerne«, sagt Philippe.

»Weißt du, wo er hinfährt?«, fragt Roni.

»Nein. Niemand weiß etwas über den Loup.«

»Wir wollten ihm gestern nachfahren. Aber wir haben natürlich kein Boot«, sagt Niko.

»Ich habe ein Boot!«, sagt Philippe.

Niko strahlt: »Was? Du hast ein Boot?«

»Ja, das Boot von meinem Vater«, erklärt Philippe.

»Kannst du damit fahren?«, fragt Roni.

»Na klar!«, lacht Philippe. »Besser als mein Vater. Soll ich mit euch den alten Loup suchen?«

»Das würdest du tun?«, fragt Roni aufgeregt.

»Ja, warum nicht?«, meint Philippe. »Wenn euer Großvater auch morgen wieder wegfährt, kommt einfach eine Bucht weiter. Dort findet ihr mich und das Boot.«

Zum Abschied gibt Philippe Roni auf beide Wangen einen Kuss.

Roni weiß, dass sie das in Frankreich so machen. Und sie fand das Geküsse dort immer total eklig. Aber diese zwei Küsschen eben waren ... waren – ihr fällt nicht das richtige Wort ein – schön! Sie waren einfach nur schön!

»Auf Wiedersehen, kleiner Bruder«, sagt Philippe.

Und schon bekommt Niko auch zwei Wangenküsse. Sofort wischt er sie sich mit dem Ärmel wieder weg.

Großvater ist zum Glück noch nicht da, als Roni und Niko zur Hütte zurückkommen. Schnell schlüpfen sie in ihre Schlafsäcke.

Dann liegen sie beide auf dem Rücken und hängen ihren Gedanken nach.

Roni denkt an Philippe. Sie ertappt sich dabei, dass sie sogar hofft, Großvater werde morgen wieder wegfahren. Denn dann würde sie mit Philippe in seinem Boot fahren. Und wenn sie sich das vorstellt, spürt sie die Freude in ihrem Bauch kribbeln.

Gut gelaunt dreht sie sich zu Niko und sagt: »Gute Nacht, kleiner Bruder!« Dann gibt sie ihm zwei dicke Schmatzer auf die Wangen.

»Iiiihh«, brüllt Niko und wischt die Küsse sofort weg. »Jetzt fängst du auch noch an!«

Überraschung auf dem Meeresgrund

Am nächsten Morgen machen sich Großvater, Roni und Niko auf den Weg zu ihrem zweiten Tauchgang.

Nachdem sie sich in Algajola die Tauchausrüstung geholt und die Pressluftflaschen neu gefüllt haben, fahren sie mit dem Boot weiter Richtung Süden. Großvater schweigt mal wieder die ganze Zeit.

Nach ungefähr einer halben Stunde Fahrt sehen sie plötzlich eine riesengroße Burg, die in den Fels gehauen wurde. Sie thront hoch über dem Meer. Es sieht gigantisch aus.

»Was ist das?«, will Roni wissen.

»Die Zitadelle von Calvi«, sagt Großvater.

»Was ist eine Zitadelle?«, fragt Niko.

»Eine Festung. Im Mittelalter wurde sie zum Schutz der Stadt gegen fremde Schiffe errichtet«, antwortet Großvater. »Heute zieht sie nur noch Touristen an«, ergänzt er spöttisch.

»Magst du keine Touristen, Großvater?«, hakt Niko nach.

»Na ja, es sind nicht alle gleich, aber ... nein, eigentlich mag ich sie nicht«, brummelt Großvater und macht plötzlich den Motor aus.

»Aber wir sind doch auch Touristen«, sagt Roni und sieht ihren Großvater unsicher an.

Als ihre Blicke sich treffen, glaubt Roni in seinen Augen ebenfalls Unsicherheit zu erkennen. Schnell schaut er weg und reagiert überhaupt nicht auf Ronis Bemerkung. Er befestigt das Boot an einer Boje in der Nähe der Festung.

Ich verstehe Großvater einfach nicht, denkt Roni. Er ist oft so unfreundlich, aber seine Augen sehen so ... so ... Sie sehen einfach nett aus. Fast so nett wie Philippes Augen.

»Zieht eure Anzüge an, hier werden wir heute tauchen«, kündigt Großvater an.

»Aber das Wasser hier ist ganz tief. Da kann ich nicht mehr stehen«, ruft Niko.

»Du hast doch gestern gesagt, dass du richtig tauchen willst, oder nicht?«, sagt Großvater.

»Ja, aber ...« Niko sieht ratlos zu Roni hinüber, doch die zuckt nur mit den Schultern.

»Tu immer, was ich sage, dann passiert dir nichts«, sagt Großvater ruhig.

Endlich sitzen sie tauchfertig auf dem Bootsrand.

»Denkt daran, was ich euch über die Weste gesagt habe«, sagt Großvater. »Drückt ihr auf den roten Knopf, füllt sich dic Weste mit Luft. Und mit dem weißen Knopf pumpt ihr die Luft wieder hinaus. Damit ihr jetzt nach dem Sprung nicht untergeht, füllt Luft hinein.«

Roni und Niko tun, was er sagt, und drücken auf den Knopf. Sofort bläst sich die Jacke von selbst auf.

Niko muss lachen. »Jetzt seh ich aus wie ein dicker Kloß!«

»Zieht eure Brillen auf, nehmt das Atemgerät in den Mund und schaut gut zu, wie ich ins Wasser gehe«, fordert Großvater die beiden auf.

Er rollt sich wie eine Kugel zusammen und lässt sich einfach nach hinten fallen.

»Jetzt du, Roni«, ruft Großvater aus dem Wasser.

Und – plumps – weg ist sie.

»Und jetzt du, Niko!«

Niko zögert. Es sieht so leicht aus, aber trotzdem fehlt ihm der Mut.

Es ist wie bei meinem ersten Sprung vom Dreimeterbrett, denkt er.

»Los, Niko«, ruft Großvater. »Gestern wolltest du schon richtig tauchen und traust du dich noch nicht mal ins Wasser!«

Die Bemerkung kann Niko nicht auf sich sitzen lassen. Er holt tief Luft, kneift die Augen zusammen und lässt sich wie ein nasser Sack ins Wasser fallen.

»Na also, geht doch«, lächelt Großvater. »Du hältst dich während des ganzen Tauchgangs an diesem Seil fest. Es ist an meinem Gürtel befestigt, das ist sicherer.«

Niko hätte gerne protestiert, aber er traut sich nicht.

»Und die wichtigste Regel lautet: Widersprecht mir nie unter Wasser, führt sofort all meine Befehle aus, verstanden?« Großvater sieht sie streng an.

Die Kinder nicken.

»Jetzt gehen wir noch einmal alle Handzeichen durch«, sagt Großvater.

Er zeigt ihnen die Zeichen für

»keine Luft mehr«,

»Abtauchen«,

»Probleme mit den Ohren«,

»Auftauchen«

und »Alles okay«.

Dann sagt er: »Wir werden nicht sehr tief gehen. Niko, halt dich fest. Und Roni, du bleibst dicht bei uns. Alles okay?«

Die Kinder nicken wieder.

»Atemgerät in den Mund, Luft aus der Jacke und runter.«

Großvater gibt das Zeichen zum Abtauchen.

Langsam hangeln sie sich am Seil der Boje hinunter in die Tiefe.

Kaum ist Niko untergetaucht, bekommt er wieder Panik. Er hat Angst, keine Luft mehr zu bekommen. Er atmet hektisch und verliert das Gleichgewicht. Aber zum Glück legt Großvater sofort seinen starken Arm um Nikos Schulter. Die beiden schauen sich durch ihre Brillen in die Augen und Niko sieht, dass Großvater ihn anlächelt. Ganz ruhig, ganz lange. Niko beruhigt sich. Sein Atem wird gleichmäßiger und durch dieses laute, blubbernde Geräusch verschwindet langsam seine Panik. Sein eigener Atem und die anderen fremden Geräusche umhüllen ihn wie eine andere Welt. Niko lächelt zurück und Großvater fragt, ob alles okay sei. Niko gibt das Okay-Zeichen. Dann hangeln sich die drei am Seil hinunter auf den Meeresboden. Dort lässt Großvater das Seil los und schwimmt auf ein paar Felsblöcke zu. Er zieht Niko am Gürtel hinter sich her. Niko meint durch die fremde Welt zu schweben. Alles ist ganz leicht. So müssen sich Astronauten im All fühlen, denkt er.

Je näher sie den Felsen kommen, umso mehr Fische tauchen plötzlich auf. In allen Farben und Formen. Ein riesiger Schwarm fast durchsichtiger Fische schwimmt ganz nah an Niko vorbei. Gleichmäßig, wie ein perfektes Wasserballett, gleiten sie dahin. Jeder einzelne Fisch schimmert im Sonnenlicht und doch scheint der Schwarm ein einziges, großes Lebewesen zu sein. Komisch, dass die Fische gar keine Angst haben, denkt Niko. Sie tun so, als gäbe es uns nicht. Wenn vor mir so ein riesiges Monster auftauchen würde, bekäme ich bestimmt Panik.

Schon von weitem sieht Niko viele Seesterne auf den Felsen. Ihre rote Farbe schillert besonders schön, weil sie auf den Algen wie auf einem grünen Samtbett liegen.

Hinter dem Felsen bleibt Niko vor Staunen fast die Luft weg.

Der Meeresboden fällt auf einmal steil ab und unten auf dem Grund liegt ein Flugzeugwrack. Es ist vollkommen übersät mit Meerespflanzen.

Niko verliert vor lauter Aufregung wieder kurz das Gleichgewicht. Aber zum Glück hat er Großvaters Seil fest in seiner Hand.

Das ist bestimmt ein Kriegsflugzeug, denkt Niko. Er hat mit Papa schon einige Bausätze zusammengebastelt und kennt sich daher ein wenig

aus. Vielleicht ist es ein Flugzeug aus dem Zweiten Weltkrieg. Niko will sich unbedingt das Ding aus nächster Nähe anschauen. Er guckt zu Großvater und macht das Zeichen zum Abtauchen. Großvater schüttelt den Kopf.

Ich will aber!, tobt es in Nikos Kopf. Er fleht Großvater mit seinen Augen an. In dem Moment hält ihn Roni fest und schüttelt den Kopf.

Ja ja, ist ja schon gut, denkt Niko und wendet sich ab. Wenn ich widerspreche, geht Großvater bestimmt nicht mehr mit uns tauchen. Mist!

Er schaut wieder zum Wrack runter. Es sieht gigantisch und andererseits auch unendlich friedlich aus. Viele Fische schwimmen verspielt durch die Ritzen und Höhlen. Niko stellt sich vor, wie er vorne auf dem Pilotensitz sitzt, das Flugzeug startet und langsam, ganz langsam damit über den Meeresgrund fährt. Jetzt gibt er mächtig Gas, das Flugzeug hebt ab und saust durch die Meeresoberfläche direkt in den blauen Himmel hinein, ab durch die Lüfte.

Da tippt ihm Großvater leicht auf die Schulter und macht das Zeichen zum Umdrehen. Niko schreckt aus seinem Tagtraum hoch und nickt.

Bevor er sich umdreht, schaut er noch einmal runter zum Wrack. Kaum zu glauben! Damals diente es als Kriegswaffe und war dazu da, Leben zu zerstören. Doch hier unten, in der Obhut des Meeres, spendet es Leben, weil es den Fischen durch die vielen Schlupflöcher Schutz bietet.

Auf dem Rückweg darf Niko kurz Großvaters Seil loslassen. Je länger er unter Wasser ist, umso wohler fühlt er sich. Ich habe es geschafft!, denkt er stolz.

Er schwimmt ganz dicht hinter Großvater her und denkt plötzlich: Vielleicht ist Großvater ja eher ein Fisch als ein Mensch. Hier unten scheint er dazuzugehören. An Land dagegen wirkt er wie ein Fremder. Niko findet diesen Gedanken selber ziemlich komisch, aber das würde vieles von Großvaters eigenartigem Verhalten erklären.

Kaum haben sie sich mit den schweren Flaschen ins Boot gehievt, fängt Niko an zu fragen. Er will alles ganz genau wissen.

»Großvater, war das ein Kriegsflugzeug? Das sah ja irre aus! Was ist damit?«

Großvater ordnet seelenruhig seine Tauchausrüstung und befestigt die Taucherflaschen mit

Riemen an der Bootswand, damit sie bei dem Wellengang nicht herumrollen. Dann trocknet er sich ab und zieht sich sein T-Shirt über.

Niko muss sich schwer beherrschen, Großvater nicht vor lauter Ungeduld zu schütteln.

Erst als Großvater endlich Pfeife rauchend auf der Bank sitzt, bekommt Niko seine Antwort.

»Das ist ein amerikanisches Kriegsflugzeug aus dem Zweiten Weltkrieg. Es sollte die Deutschen bombardieren. Aber die waren schneller und haben es angegriffen. Der Kapitän wollte in Calvi notlanden, aber das ist ihm nicht geglückt, und so landeten sie auf dem Wasser.«

»Und sind die Amerikaner alle gestorben?«

»Nein, nur zwei. Sechs konnten sich mit einem Rettungsboot in Sicherheit bringen.«

Niko ist so voller Eindrücke, dass seine Gedanken kreuz und quer durch seinen Kopf wirbeln. Er hat noch so viele Fragen, aber er weiß nicht, wo er anfangen soll ...

In dem Moment sagt Roni: »Großvater, es war wunderschön. Ich habe noch nie einen Ort auf der Welt gesehen, wo ich mich so wohl gefühlt habe. Das Schweben unter Wasser, die Geräusche und all die Farben. Es ist unglaublich, dass es so etwas Schönes auf dieser Erde gibt. Viele wissen das gar nicht.«

Großvater lächelt seine Enkelin an und wiederholt ihren Satz: »Ja, viele wissen es gar nicht.«

Er geht zum Steuer, macht den Motor an und fährt wieder Richtung Heimat.

Unterwegs steuert er eine Bucht an, die von zwei hohen, felsigen Landzungen umsäumt ist. Eine reicht weit hinaus ins Meer. Großvater befestigt das Boot an einer Boje am Strand.

»Kommt, ich zeig euch etwas.«

Sie klettern die längere Landzunge nach oben und laufen fast bis an ihre Spitze. Dort liegt ein großer, runder Stein mit einer Kuhle auf Kniehöhe. Er sieht aus wie ein gemütlicher Sessel.

Großvater setzt sich in die Kuhle und lehnt sich zurück. Er schaut hinaus aufs Meer und holt tief Luft.

»Sucht euch auch einen Sitzplatz.«

Niko findet neben Großvaters Füßen einen schönen, glatten Stein. Der ist ein bisschen wackelig, aber prima zum Sitzen. Roni legt sich ganz vorne an die Spitze der Landzunge auf den

Bauch. Der harte Untergrund stört sie nicht, denn der Ausblick ist einfach fantastisch.

Sie sieht nur noch Wasser und hat das Gefühl, über dem Meer zu schweben. Sie breitet die Arme wie Flügel aus. Ein starker Wind bläst Roni direkt ins Gesicht. Ihre langen Haare fliegen nach hinten. So muss sich ein Vogel fühlen, der über das Meer segelt.

Als Roni sich umdreht, sitzt Großvater auf seinem Stein, raucht Pfeife und schaut in die Ferne. Obwohl er nur ein ganz normales T-Shirt und eine blaue Badehose anhat, wirkt er majestätisch. Und der Stein sieht aus wie ein Thron.

Roni vergisst plötzlich ihre Wut und Enttäuschung. Großvater ist der König der Meere! Oder zumindest dieses Meeres. Und er ist ein guter König, der beste überhaupt, denn er beherrscht sein Meer nicht, sondern wacht darüber. So wie die Zitadelle von Calvi die Menschen vor dem Meer geschützt hat, schützt Großvater, ein paar Buchten weiter, das Meer vor den Menschen.

Roni erinnert sich wieder an das Gefühl bei Nikos Taufe. Die ganze Familie wirbelte herum. Nur Großvater saß still und beobachtend in einem Sessel. Sein Schoß war in dem Moment der wunderbarste Ort der Welt. Großvater war der sichere Fels in der Brandung. Und genau das ist er heute noch immer. Daran zweifelt Roni auf einmal nicht mehr, trotz all dem, was bisher geschehen ist.

»Wir müssen aufbrechen. Ich habe heute noch was zu erledigen«, sagt Großvater.

Niko rollt genervt mit den Augen.

Die große Verfolgung

Im Hafen von Algajola bringt Großvater zunächst die Tauchausrüstungen zurück, dann kauft er wieder zwei Tüten Tintenfisch.

Und kaum sind sie zu Hause in der Schäferhütte, verabschiedet er sich wie gestern und vorgestern: »Ich bin zurück, so schnell es geht.«

Als Großvater im Gebüsch verschwunden ist, folgen ihm Roni und Niko bis zur Bucht. Wie Indianer schlängeln sie sich auf ihren Bäuchen vor bis zum Abhang und schauen hinunter.

»Sobald wir wissen, in welche Richtung er fährt, flitzen wir los, okay?«, flüstert Roni.

»Okay! Du, Roni ...«

»Ja?«

»Hast du gar keine Angst?«, fragt Niko zaghaft.

»Nein«, antwortet Roni sofort. »Nicht zu wissen, wo Großvater jeden Abend hingeht, macht mir mehr Angst als diese Aktion jetzt.«

Niko nickt und nach einer Weile sagt er: »Ja, du hast wahrscheinlich Recht.« Er atmet tief durch und fügt noch hinzu: »Dann hab ich eben auch keine Angst.«

Roni drückt Nikos Hand und sagt lächelnd: »Ich bin stolz auf dich, kleiner Bruder.«

Die beiden beobachten noch, in welche Richtung Großvater fährt, dann klettern sie blitzschnell über die Klippen.

Sie sausen an den Urlaubern vorbei bis ans Ende der Bucht. Zum Glück müssen sie hier nur über ein paar größere Steine steigen, um zur nächsten Bucht zu gelangen. Schon von weitem sehen sie Philippe, wie er an seinem Boot gelehnt im Sand sitzt.

»Oh, là, là!«, ruft er ihnen lachend entgegen. Als Roni und Niko völlig außer Atem bei ihm ankommen, umarmt er sie herzlich und gibt ihnen zwei französische Begrüßungsküsse.

Ronis Knie werden total weich und sie hat Angst, dass sie knallrot im Gesicht wird. Schnell wendet sie sich ab und tut so, als würde sie sich das Boot anschauen.

»Los, Philippe, Großvater ist Richtung Alga-

jola gefahren«, drängelt Niko, der sich über seinen eigenen Mut wundert.

»Alles klar«, sagt Philippe. »Kommt, fasst mit an, das Boot muss ins Wasser.«

Die drei schieben kräftig. Dann springen sie ins Boot.

»Kannst du wirklich damit umgehen?«, fragt Roni bewundernd.

»Ich denke schon«, lacht Philippe. Als er das Boot auf Kurs gebracht hat, fragt er: »Habt ihr noch mehr herausbekommen?«

»Nein, leider nicht«, antwortet Roni.

»Ihr müsst eure Augen gut aufhalten«, bittet

Philippe. »Einer guckt aufs Meer und einer auf die Küste. Ich lenke.«

»Da ist noch was Komisches, Philippe«, fällt Niko plötzlich ein.

»Was denn?«

»Großvater kauft jeden Tag zwei Tüten Tintenfisch. Wir dachten erst, dass wir die Fische essen müssten. Aber er nimmt sie immer mit auf seinen Abendausflug und am nächsten Tag sind sie weg.«

»Zwei Tüten Tintenfisch?«, fragt Philippe ungläubig. »Was macht er damit?« Doch ihm fällt auch nichts ein.

Langsam fahren sie in Küstennähe Richtung Algajola. Je näher sie dem Hafen kommen, umso mehr Boote sehen sie, aber Großvaters ist nicht dabei. Philippe steuert sein Boot ins Hafenbecken und fährt langsam jeden Steg ab.

Roni schaut auf die Uhr und stöhnt: »So wird das nichts. Er ist nicht im Hafen. Lasst uns ein Stück weiter in den Süden fahren, wir haben noch Zeit.«

»Was hast du vor?«, fragt Philippe. »Willst du das ganze Mittelmeer absuchen?«

»Nein, natürlich nicht. Aber er ist in diese Richtung gefahren und dann muss er hier auch sein. Ich will jetzt nicht aufgeben, ich will endlich eine Antwort!«, sagt Roni.

Philippe versteht. Schnell steuert er das Boot aus dem Hafen hinaus. Sie sind nun auf der Strecke, die Roni und Niko heute schon einmal mit ihrem Großvater gefahren sind.

»Da ist die Zitadelle von Calvi!«, ruft Niko nach einer Weile.

»Und da ist Großvaters Boot«, ruft Roni.

Aufgeregt schauen die drei durch das Fernglas. Tatsächlich! Da schaukelt Großvaters Boot einsam und verlassen auf den Wellen.

»Er ist nicht drin«, sagt Niko enttäuscht.

Philippe macht seinen Motor aus und die drei treiben ruhig in der Bucht von Calvi in sicherer Entfernung zu Großvaters Boot.

Sie warten ...

»Was macht ein Mensch jeden Abend mit zwei Tüten schwabbeligem, totem Tintenfisch in dieser Bucht?«, fragt Roni in die Stille hinein.

Plötzlich sehen sie einen Taucher auf der Wasseroberfläche.

Niko schnappt sich das Fernglas. »Es ist Großvater«, sagt er. »Entweder wir fahren jetzt zu ihm hin und fragen ihn, was er dort macht, oder wir fahren auf der Stelle nach Hause, damit er nichts merkt. Was meint ihr?«

Keiner antwortet. Roni und Philippe starren auf den Taucher, der gerade in sein Boot klettert und seine Tauchausrüstung auszieht.

»Hallo! Krieg ich mal eine Antwort?«, drängelt Niko, der sich vor Aufregung fast in die Hosen macht.

»Wir fragen ihn«, sagt Roni entschlossen. »Ich will es jetzt wissen. Los, Philippe, fahr zu ihm.« Philippe macht den Motor an und fährt zu Großvaters Boot.

Der bemerkt die drei erst, als sie direkt neben ihm zum Stehen kommen. Großvater bleibt ruhig sitzen und schaut seine Enkel schweigend an.

Roni und Niko schauen zurück. Sie suchen verzweifelt nach Worten, finden aber keine.

Großvater steht auf und zieht sich seine trockenen Klamotten an.

Und plötzlich bricht Niko die Stille: »Großvater, was machst du hier?«

Großvater sieht ihn wieder lange an. Dann packt er all seine Sachen zusammen, befestigt die Taucherflasche am Bootsrand und holt seine Pfeife aus der Jackentasche.

Endlich antwortet er: »Jemand braucht meine Hilfe.«

»Wer sollte denn hier deine Hilfe brauchen?«, fragt Roni.

»Das kann ich euch nicht sagen.«

»Weil es etwas Böses ist, stimmts?«, fragt Niko.

Die Kinder halten die Luft an. Roni sieht ihren kleinen Bruder wütend an. Glaubt er etwa immer noch an diese verrückte Idee? Niko bemerkt Ronis Blick gar nicht. Gebannt schaut er Großvater an. Der sieht hinunter aufs Wasser und schüttelt kaum merklich den Kopf.

»Nein«, sagt er endlich. »Aber ich verstehe, dass ihr das denken müsst. Morgen Abend nehme ich euch mit. Und jetzt ab nach Hause.«

Er macht seinen Motor an und fährt los. Philippe macht es ihm nach.

Die drei schweigen während der ganzen Fahrt.

Erst als Philippe sich verabschiedet, fragt Roni: »Darf Philippe morgen mitkommen?«

Großvater nickt.

Roni und Philippe lächeln sich an und Philippe saust mit seinem Boot davon.

»Du bist ja ganz rot«, sagt Niko. »Hast du einen Sonnenbrand?«

»Ja«, sagt Roni und wendet sich ab. Die Röte in ihrem Gesicht ist natürlich kein Sonnenbrand. Wie peinlich, dass Niko es gesehen hat!

Großvaters Geheimnis

Am nächsten Morgen gehen sie ausnahmsweise nicht tauchen, weil Großvater dringend eine Bewässerungsanlage für seinen Garten bauen muss.

»Wenn ich den ganzen Tag mit euch beiden unterwegs bin, muss sich mein Garten von selbst gießen bei dieser Hitze«, erklärt er den Kindern.

»Wie hast du das bisher gemacht?«, fragt Niko.

»Bisher habe ich noch keine Bewässerungsanlage gebraucht. Seit ich hier wohne, habe ich Haus und Garten nie so lange alleine gelassen wie jetzt«, antwortet Großvater.

»Oh«, sagt Niko erstaunt und freut sich. Er hätte nie gedacht, dass dieser eigenwillige Mann etwas in seinem Leben ändern würde, nur weil sie zu Besuch da sind.

»Darf ich helfen?«, fragt Niko.

»Magst du denn?«, fragt Großvater.

»Natürlich!«, antwortet Niko sofort. »Sehr

gerne sogar. Bei Papa darf ich auch manchmal mithelfen, wenn er was baut.«

Großvater lächelt seinen Enkel an. Als Niko zurücklächelt, merkt er, wie plötzlich all seine Bedenken und Ängste gegenüber Großvater verschwinden. Er ist ein guter Mensch, da ist sich auch Niko auf einmal ganz sicher.

»Wenn ihr nichts dagegen habt, schau ich mal bei Philippe vorbei«, sagt Roni.

Natürlich haben Großvater und Niko nichts dagegen und Roni kraxelt rüber in die Nachbarbucht. Sie ist ganz schön aufgeregt, weil sie keine Ahnung hat, was Philippe sagen wird, wenn sie auf einmal bei ihm auftaucht. Als Roni ihn bei der Tischtennisplatte im Hotelgarten findet, passieren wieder diese seltsamen Dinge: Ihr Herz pocht bis zum Hals, ihre Knie werden weich und im Bauch kribbeln tausend Ameisen. Als Philippe sie entdeckt, glaubt Roni, einen Funken Freude in seinen Augen zu sehen. Er kommt ihr entgegen, nimmt sie in die Arme und gibt ihr diese herrlich warmen Begrüßungsküsschen auf die Wangen.

»Bonjour, ma belle«, sagt er und führt sie zur Tischtennisplatte.

»Was heißt das?«, fragt Roni.

Philippe antwortet nicht.

Stattdessen übersetzt der deutsche Junge, der gerade noch mit Philippe Tischtennis gespielt hat, kichernd: »Das heißt ›Guten Tag, meine Schöne‹.«

Roni wird feuerrot.

»Komm, spiel mit«, sagt Philippe und drückt Roni verlegen einen Tischtennisschläger in die Hand.

Es wird ein herrlicher Tag.

Erst spielen Philippe, der deutsche Junge und Roni eine Weile zu dritt Tischtennis und anschließend führt Philippe Roni in die riesengroße Hotelküche. Dort herrscht mächtig Betrieb, weil gleich das Mittagsbüfett für die Feriengäste hergerichtet wird.

»Ich esse immer kurz vor den Gästen«, flüstert Philippe Roni ins Ohr. »Soll ich dir sagen, warum?«

Roni schüttelt den Kopf.

»Weil ich dann von den besten Leckerbissen

was abbekomme«, lacht er und zieht Roni hinter sich her.

Die Köche und Köchinnen begrüßen Philippe freundlich und legen ihm augenzwinkernd kleine Delikatessen auf zwei Teller. Sie sprechen Französisch mit Philippe. Roni spürt deutlich, dass es die ganze Zeit um sie geht. Das ist ihr zwar irgendwie peinlich, aber andererseits freut sie sich auch darüber. Doch sie tut so, als würde sie nichts merken.

Nach dem köstlichen Essen zeigt Philippe Roni einen kleinen Kletterberg hinter dem Hotel. Von dort oben haben sie einen traumhaften Blick.

Noch nie hat sich Roni an der Seite eines Jungen so wohl gefühlt.

Es ist, als würde ich Philippe schon lange kennen, denkt sie, als sie neben ihm auf dem Felsen sitzt und über das Meer schaut. Dann sucht Roni Großvaters Hütte. Als sie sie entdeckt hat, macht sich auf einmal ein unglaublich warmes Gefühl in ihr breit.

Das werden wunderbare Ferien! Das weiß Roni plötzlich ganz genau.

Als die Sonne am Nachmittag schon etwas schräg steht, kommen Roni und Philippe zu Großvaters Haus. Und Großvater bläst auch sofort zum Aufbruch.

In Algajola kauft er wie immer riesige Mengen Tintenfisch. Auf dem Weg nach Calvi sitzen die Kinder auf der Bank und sind furchtbar aufgeregt. Sie kennen Großvater mittlerweile alle so gut, dass sie keine Fragen stellen. Sie würden sowieso keine Antworten bekommen. Aber sie vertrauen ihm. Hoffentlich ist sein Geheimnis so schön wie seine Landzunge mit dem Thron.

Als sie an der Stelle in der Bucht von Calvi ankommen, geht alles ganz schnell. Großvater befestigt das Boot an der gleichen Boje wie gestern und alle vier schlüpfen rasch in die Taucherklamotten.

»Niko bleibt immer an meiner Seite«, bestimmt Großvater. »Philippe und Roni, ihr schwimmt dicht hinter uns. Wir tauchen wieder zum Flugzeugwrack. Auf mein Zeichen werdet ihr stehen bleiben und euch an dem Felsvorsprung festhalten, zu dem ich euch führe. Ich

werde dann zum Wrack schwimmen und ihr bleibt am Felsen, ganz egal, was passiert. Ihr rührt euch nicht. Kann ich mich darauf verlassen?«

»Ja«, sagt Philippe.

Roni nickt.

Niko merkt, wie sich seine alte Angst in der Magengegend wieder bemerkbar macht. Aber er hört einfach nicht auf sie, sondern holt tief Luft und sagt betont laut: »Geht klar, Großvater!«

Dann plumpsen sie der Reihe nach ins Wasser und tauchen dicht hintereinander ab. Die Luftregelung der Weste beherrschen die Geschwister schon prima, auch den Druckausgleich beim Abtauchen. Problemlos tauchen sie bis zu den Felsen. Dort warten sie.

Roni und Philippe nehmen Niko in ihre Mitte. Die drei halten sich am Felsen fest und können von dort direkt auf das Wrack schauen. Großvater fragt sie, ob alles okay sei, und alle drei machen den Fingerkreis.

Dann schwimmt Großvater runter zum Wrack.

Er schwimmt nicht, er schwebt, denkt Niko, der völlig gebannt seinen Großvater beobachtet.

Als Großvater beim Wrack ist, stopft er die Tintenfischtüte unter den Pilotensitz und holt eine lange Eisenstange hervor. Er schwimmt rüber zum gigantischen Motor der ehemaligen Kriegsmaschine und rattert langsam mit der Stange über die Propellerblätter. Das macht ein eigenartiges Geräusch. Niko erinnert sich daran, dass er früher auf dem Schulweg oft mit Stöcken an den Zäunen entlang gerattert ist. Aber dieses Geräusch hier klingt anders. Viel dumpfer, tiefer und das Meer scheint leicht zu beben.

Großvater wiederholt das Rattern mit der Eisenstange. Danach ist alles absolut ruhig. Es herrscht eine gespenstische Atmosphäre und die drei hinter dem Felsvorsprung rücken dichter zusammen.

Plötzlich taucht aus dem Nichts ein dunkler Schatten auf. Er ist riesengroß. Niko duckt sich vor Schreck. Er möchte nur noch weg, nach Hause, zu Mama und Papa. Stattdessen steht er hier im Meer mit einem verrückten Großvater und einem Monster, das gerade auf sie zuschwimmt. Niko zittert und kneift die Augen fest zu. Als er sie wieder öffnet, sieht er, dass das Monster ein Wal ist. Erleichtert atmet er auf. Es ist ein Grindwal, das weiß Niko genau, denn er hat mehrere Walbücher zu Hause. Der Wal kommt direkt auf Großvater zu und rammt ihm mit seiner Schnauze in den Bauch.

Den Kindern bleibt das Herz stehen. Großvater wird angegriffen!

Roni will sofort zu ihm, doch Philippe hält sie zurück. Er gibt ihr Zeichen, am Platz zu bleiben.

Jetzt schwimmt das riesige Tier einen Kreis um Großvater und tippt ihm dabei mit seiner Schnauze gegen den Po, auf die Schultern und zum Schluss wieder gegen den Bauch. Die Kinder beruhigen sich wieder etwas. Der Wal scheint Großvater nur zu begrüßen. Dann entdecken sie, dass er an seiner rechten Seite eine lange Narbe hat. Der Wal scheint eine große Verletzung gehabt zu haben.

Als die beiden ihre Begrüßungszeremonie beendet haben, steigt Großvater vorsichtig auf seinen Rücken und lässt sich davontragen.

Das hat Niko schon oft im Fernsehen gesehen – mit Delfinen. Immer hat er sich gewünscht, auch einmal auf dem Rücken eines solchen Tieres durch das Meer zu reiten.

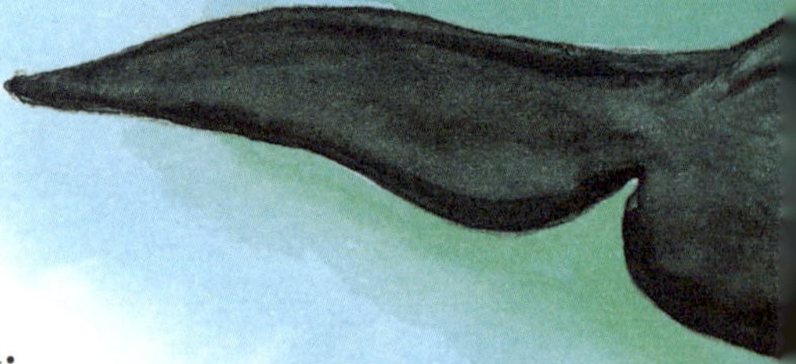

Der Wal schwimmt mit Großvater auf und davon. Roni und Philippe sehen sich fragend an und Niko schaut verwirrt von einem zum anderen. Großvater wird zurückkommen, beruhigt er sich selbst, er ist schließlich an den anderen Abenden auch immer zurückgekommen.

Plötzlich taucht der Grindwal aus dem Nichts wieder auf. Großvater gleitet herunter und

kramt die zwei Tüten unter dem Pilotensitz hervor.

Die Fütterung des Riesen geht blitzschnell. Stück für Stück schnappt der Wal sich die Tintenfische aus Großvaters Hand. Zwischendurch gibt er lustige, quietschende Geräusche von sich und manchmal scheint er sogar ein Lied zu singen. Vielleicht ist es seine Art, danke zu sagen, denkt Niko, der fasziniert zusieht. Noch nie hat er so etwas Schönes gesehen, geschweige denn gehört!

Als die Tüten leer sind, verschwindet der Wal in der Dunkelheit. Großvater steckt die Eisenstange an ihren Platz, stopft die leeren Plastiktüten unter seinen Gürtel und kommt rüber zu den Kindern. Auf sein Zeichen hin schwimmen sie zurück.

Im Boot fangen die Kinder sofort an, Großvater mit Fragen zu bombardieren.

»Wie lange kennst du den Wal schon?«

»Hast du gar keine Angst?«

»Was ist das für eine Wunde?«

»Warum hast du uns nichts von dem Wal erzählt?«

Großvater muss lachen. Es ist das erste Mal, dass Roni und Niko ihren Großvater laut lachen hören.

»Ich werde euch alle Fragen beantworten. Aber kommt erst mal raus aus dem Wasser.«

Es dauert, bis sie alle ihre Ausrüstungen verstaut haben und warm angezogen sind. Endlich sitzen die Kinder erwartungsvoll auf der Bank. Großvater lehnt sich an den Bootsrand und raucht seine Pfeife. Dann fängt er an zu erzählen.

»Dieser Grindwal wurde vor ungefähr fünfzehn Monaten durch eine Schiffsschraube verletzt. Grindwale finden ihre Nahrung nämlich sehr tief unten im Meer. Mit einem kaputten Rücken können sie sich diese Nahrung nicht mehr selber suchen. Ich habe den Wal völlig ausgehungert hier in der Bucht gefunden. Seitdem füttere ich ihn jeden Abend. Seine Wunde ist schon verheilt und er könnte sich seine Nahrung längst wieder alleine suchen.« Großvater lächelt. »Aber wir sind so was wie beste Freunde geworden. Mir würde was fehlen, wenn er nicht mehr käme.«

Großvater nimmt einige Züge aus seiner Pfeife, dann erzählt er weiter: »Viele Wale werden von den Schiffen, die täglich von Korsika ans Festland fahren, verletzt. Oder durch die Netze, die die Fischer zum Fang auslegen.«

»Warum hast du uns nichts davon gesagt? Dann hätten wir nicht so viel Angst haben müssen, als du weggegangen bist«, fragt Roni.

Großvater überlegt lange, bevor er antwortet.

»Weil ich Angst hatte, dass ihr in meinem täglichen Gang zum Wal nur eine Sensation seht.«

Die Kinder gucken Großvater verständnislos an.

»Jeder Mensch behauptet, Wale zu mögen«, erklärt Großvater weiter. »Die Menschen zahlen viel Geld dafür, um einmal in ihrem Leben einen Wal zu sehen. Die Gäste von Philippes Vater würden sicher viel dafür bezahlen, um den verrückten alten Mann mit seinem Wal zu sehen.«

»Was ist daran so schlimm?«, fragt Niko.

»Die Menschen schauen, staunen und verschwinden wieder. Kommt einer, dauert es nicht

lange, und schon sind es Hunderte. Dann fangen sie an zu zerstören. Der Tourismus an Land reicht mir, dem Meer würde er nicht gut tun.«

»Aber vielleicht wollen manche auch helfen«, sagt Roni.

»Nein, Menschen wollen nicht helfen«, sagt Großvater barsch.

Roni und Niko kennen diese Stimme schon und trauen sich nichts mehr zu sagen.

Aber Philippe geht auf Großvater zu. »Loup, das stimmt nicht! Schon oft wollte ich Sie näher kennen lernen, weil mir die Geschichten über Sie gefallen. Aber Sie schauen immer so grimmig. Ich habe mich nicht getraut.«

»So?«, fragt Großvater unsicher. »Was wolltest du denn von mir?«

»Ihre Geschichten hören«, antwortet Philippe. Dann fügt er hinzu: »Und lernen!«

Großvater weiß nicht, was er antworten soll.

Roni bemerkt, dass er verlegen und völlig verunsichert ist. Darum sagt sie schnell: »Mir ist kalt und ich habe Hunger.«

Großvater lächelt ihr erleichtert zu.

Dann fahren sie nach Hause.

Als sie Philippe an seiner Bucht absetzen, fragt er: »Wollen Sie noch bei uns Abendbrot essen? Heute wird gegrillt.«

»Oh, nein, nein«, sagt Großvater und schüttelt energisch den Kopf. »Das ist sehr nett, aber nein, das möchte ich nicht.« Großvater zögert einen Moment, dann sagt er: »Aber du kannst mit zu uns kommen, wenn du magst.«

»Jaaa!«, rufen Roni und Niko begeistert.

»Bon!«, sagt Philippe erfreut. »Gut, ich komme!« Und er hüpft wieder zurück ins Boot.

In der Hütte richten sie gemeinsam das Abendbrot her.

Da merkt Roni, dass sie Großvaters Schweigen zum ersten Mal nicht stört. Er hat eine andere Sprache, denkt sie, vielleicht eher die Sprache der Tiere als die der Menschen.

»Großvater«, sagt sie vorsichtig beim Essen.

»Mmmh«, brummelt Großvater.

»Magst du die Menschen nicht?«, fragt sie.

Großvater kaut nachdenklich auf seinem Brot herum. Schließlich sagt er: »Ich habe deine Großmutter und deinen Vater immer geliebt ...« Es entsteht wieder eine lange Pause. Dann redet er weiter: »Und ich habe die Natur geliebt. Für sie habe ich mich mein Leben lang eingesetzt. Dabei habe ich schreckliche Dinge erlebt. Die Menschen schütten Gift ins Meer und töten gewaltsam Wale und Delfine, die sie eigentlich gar nicht brauchen. Sie wollen immer mehr Geld verdienen und sehen nur sich selbst.«

»Es sind doch nicht alle so«, sagt Roni.

»Aber die meisten, mit denen ich zu tun hatte«, entgegnet Großvater. »Darum habe ich mich zurückgezogen, als deine Großmutter gestorben ist. Ihr seid die ersten Menschen seit Jahren, die ich ...«

Großvater redet nicht weiter, sondern schaut verlegen auf seinen Teller.

»Die du was?«, hakt Niko nach.

»Die ich gern habe«, antwortet Großvater leise.

»Ich hatte erst Angst vor dir«, gibt Niko zu. »Aber heute weiß ich, dass ich dich auch mag. Das passt doch gut, oder?!«

Die vier müssen laut und lange lachen.

Als sie mit dem Abendbrot fertig sind, ist es bereits stockfinster.

»Jetzt muss ich aber gehen«, sagt Philippe.

»Ich bring dich noch bis zur Klippe«, sagt Roni und steht auf.

»Das war ein wunderbarer Abend und ich werde niemandem etwas von dem Wal erzählen. Versprochen, alter Loup«, sagt Philippe.

»Das weiß ich«, sagt Großvater und lächelt.

Roni und Philippe setzen sich auf die Klippen und betrachten die Sterne.

»Das Meer erzählt etwas«, sagt Roni. »Ein Lied. Es klingt fröhlich. Hörst du es auch?«

»Ich finde, dass sich das Meer ruhig anhört«, meint Philippe. »Wie kommst du darauf?«

»Ach, nichts«, erwidert Roni ausweichend.

Plötzlich sucht Philippe Ronis Hand und hält sie ganz fest in seiner. Roni hat das Gefühl, ihr Herz würde zerspringen.

»Ihr drei – dein Großvater, Niko und du – ihr seid etwas Besonderes«, sagt Philippe in die Stille hinein. »Und dich ...«, er holt tief Luft, »dich finde ich besonders besonders.«

Dann steht er auf und verschwindet über die Klippen. Roni lauscht alleine noch eine Weile überglücklich der Melodie des Meeres.

Am nächsten Morgen beim Frühstück steht plötzlich Philippe in der Tür.

»Ich habe mich getäuscht«, sagt er lachend und stellt zwei riesige Tüten auf den Tisch. »Es wurde gestern gar nicht gegrillt. Es gab Fischsuppe. Und hier sind die Reste für den Wal.«

Großvater springt auf und legt seine Hand auf Philippes Schulter. »Das ist eine Überraschung«, sagt er freudestrahlend. »Magst du denn wieder mitkommen?«

»Was für eine Frage!«, lacht Philippe.

»Dann hol deine Ausrüstung. Wir wollen gleich raus, damit die Anfänger sicherer werden.« Roni und Niko schauen verlegen auf ihre Frühstücksbrote.

Philippe macht auf dem Absatz kehrt und flitzt aus der Tür. Großvater rennt ihm hinterher. »Und frag, wann nun bei euch gegrillt wird.«

»Heute. Das weiß ich sicher!«, sagt Philippe.

»Dann reservier uns drei große Portionen!«

»Okay«, ruft Philippe und verschwindet.

Großvater schüttelt den Kopf. »Dass ich mich noch mal unter die Menschen mische!«

Roni und Niko sehen erst sich, dann ihren Großvater an. Schließlich sagt Niko: »Hab keine Angst. Wir bleiben die ganze Zeit bei dir, denn wir haben nichts anderes zu erledigen.«

Großvater schaut seinen Enkel an und muss lächeln. Dann brummt er: »War wohl nicht so gut, dass ich euch allein gelassen habe, oder?«

»Nee, war nicht so gut«, sagt Roni. »Aber egal, dafür werden es ab heute gute Ferien.«

»Versprochen«, sagt Großvater. »Und jetzt Abmarsch, das Meer ruft!«

Nachwort

Im Meer um Korsika leben außer Grindwalen auch Pottwale, kleine Delfine und riesige Finnwale. Die vielen Schiffe, die dort verkehren, stießen schon oft mit den Walen zusammen. Moderne Fähren sind so schnell, dass die Wale ihnen nicht rechtzeitig ausweichen können. Manche Tiere haben sich nach dem Unfall gut erholt. Aber andere wurden schwer verletzt oder sogar getötet, auch große Finnwale.

Seit 2002 ist die ganze Gegend ein Schutzgebiet für Wale. Es reicht vom Norden Sardiniens bis nach Frankreich und Italien. Wer hier Wale beobachten will, muss genaue Regeln einhalten, um die Tiere nicht zu stören oder gar zu verletzen. Zurzeit werden auch Geräte entwickelt, mit denen Kapitäne Wale früh genug erkennen, um ihnen ausweichen zu können.

Johannes Albers,

Fachbeirat Meere von Greenpeace

Die Autorin: Friederike Wilhelmi lebt mit ihrer Familie in München. Dort hat sie Literatur- und Theaterwissenschaft studiert und lange beim Fernsehen gearbeitet. Seit mehreren Jahren schreibt sie Drehbücher und Romane, die bereits in andere Sprachen übersetzt wurden.

Mit dem Roman „Abenteuer in der Tiefe" hat sich die Autorin einen Kindheitstraum erfüllt: Sie wollte nämlich schon immer mal etwas mit einem Wal zu tun zu haben. Real gesehen hat sie noch keinen, aber jetzt hat sie wenigstens beim Schreiben einen Wal gerettet!

Der Illustrator: Thomas Schallnau, geboren am 8.11.1944 in Berlin, hat nach seinem Abitur eine Lehre als Drucker durchlaufen. Danach studierte er an der Kunsthochschule in Berlin-Weißensee und arbeitete als freischaffender Grafiker, Kinderbuchillustrator und Autor in Berlin-Pankow. Bis heute hat er 53 Kinder- und Jugendbücher illustriert, wobei er 31 davon selber geschrieben hat. Außerdem macht er Film- und Theaterplakate, Poster, Bucheinbände, Schulbücher, Fernsehen, Werbung, Kunst am Bau usw.

Känguru Lesespaß